First Spanish language edition published in the United States and Canada in 2010
by North-South Books Inc., an imprint of NordSüd Verlag AG, CH-8005 Zürich, Switzerland.
Distributed in the United States by North-South Books Inc., New York 10001.

Library of Congress Cataloging-in-Publication Data is available.

ISBN 978-0-7358-2289-4 (Spanish edition)
1 3 5 7 9 SP 10 8 6 4 2
Printed in China by Toppan Leefung Packaging & Printing (Dongguan) Co., Ltd., Dongguan, P.R.C.,
November 2009.

www.northsouth.com

Benito y Melosa

por Christa Kempter · ilustrado por Frauke Weldin

NorteSur

New York

Un día Benito encontró una casita en el bosque. Hacía mucho tiempo que nadie vivía en ella.

–Ya que nadie la quiere –dijo Benito–, me vendré a vivir aquí.

Pero aun una casa pequeña resultaba demasiado grande para un conejo solo. De modo que Benito colgó un cartel que decía:

SE ALQUILA APARTAMENTO

A la mañana siguiente, alguien tocó a la puerta con mucha fuerza. Una enorme osa contemplaba a Benito desde su tremenda altura.

—Soy Melosa —dijo la osa—. Tienes una casa muy bonita. Un poco pequeña, pero me gusta. Me quedaré.

Benito estiró el cuello para mirar a la osa.

—Esperaba que viniera alguien un poco más pequeño. Tal vez un hámster o una tortuga.

Melosa se echó a reír a carcajadas.

—¡Un *hámster*! ¡Una *tortuga*! ¡Valiente compañía! Tú necesitas a alguien divertido —dijo mientras se colaba por la puerta y caminaba hacia las escaleras—. ¡Como yo!

Benito salió corriendo detrás de ella.

—Oye, que no se permiten fiestas ruidosas —dijo—. Y por favor, tienes que mantener limpio el apartamento, especialmente la ventana. Es importante que las ventanas estén ¡siempre limpias!

Cada mañana, Melosa dormía hasta tarde. Cuando se levantaba, se preparaba dos panecillos con miel y una olla de chocolate caliente.

—¿Ya terminaste de leer el periódico, Benito? —gritaba desde arriba.

Luego, se ponía a hablar por teléfono un rato. Cuando terminaba, era hora de echar una siesta.

Cada mañana, Benito saltaba de la cama a las seis en punto,

se comía dos zanahorias mientras leía el periódico,

lavaba los platos,

barría,

quitaba el polvo
de los muebles

y regaba el geranio.

Luego se sentaba en el sillón y extasiado,
contemplaba su casita limpia.

Todos los viernes, Benito horneaba un pastel de zanahoria.

Y cada viernes, Melosa bajaba las escaleras a trompicones, caminaba tambaleándose por la cocina de Benito, y se servía un trozo de pastel.

—Podrías haber tocado la puerta al menos —gruñía Benito—, o intentar hacer tú misma un pastel.

—A ti se te da bien hornear, Benito —decía Melosa entre uno y otro bocado—. A mí se me da bien comer.

Por la noche, Benito preocupado, daba vueltas de un lado a otro. ¿Qué iba a hacer con Melosa? Caminaba pesadamente, dejaba caer migas por todas partes. Era muy desordenada. Y su ventana estaba tan sucia que no se podía ver hacia afuera.

Benito perdió el apetito. Se puso flaco.

—Luces muy mal —le dijo Melosa un día—. Deberías relajarte. Tómate la vida con calma. Como yo.

Acomodó dos almohadas bajo un árbol y se tendió para echar una siesta.

Una noche, se escuchó un tremendo ruido, como si fuera una estampida por las escaleras. Benito abrió la puerta para ver qué ocurría. Había osos, muchos osos, subiendo las escaleras con gran estruendo. Poco después, una música empezó a atronar por toda la casa.

¡Esto sí que era el colmo! Furioso, Benito subió dando saltos hasta el apartamento de Melosa. ¿Y qué vio?

Dos osos tocaban el acordeón, otros dos osos, el violín, un oso tocaba la trompeta y Melosa reía y bailaba por toda la habitación.

—¡Qué bueno que viniste, Benito! —gritó Melosa—. ¡Ven, vamos a bailar!

Y antes de que Benito pudiera decir una palabra, Melosa lo levantó por los aires y dio vueltas y vueltas con él hasta que ambos se marearon.

—Estos son mis hermanos —dijo Melosa.

Los hermanos sonrieron y extendieron sus garras pegajosas para saludar a Benito. Habían estado comiendo panecillos de miel. Benito estrechó todas las garras. Después hubo más música y baile y panecillos de miel hasta que a Benito se le cerraban los ojos de sueño.

–Pobre Benito –dijo Melosa–. Creo que ha sido demasiado para él.

Lo cargó, bajó las escaleras y lo acostó en su cama.

–Esta cama parece horriblemente incómoda –murmuró.

Así que trajo dos de sus almohadas y se las acomodó bajo la cabeza a Benito.

Benito nunca había dormido tan bien, ni hasta tan tarde.
Cuando por fin se sentó a desayunar, se la pasó pensando en
la fiesta. "Qué curioso", pensaba. "Había mucho desorden en casa
de Melosa, pero ¡qué agradable!". Y le había gustado bailar. Benito
tomó lápiz y papel y empezó a escribir.

Querida Melosa:

Fue una bonita fiesta. ¿Por qué no
vuelves a invitar a tus hermanos? Pero
no todos los días. Y quizá puedan lavarse
las patas.

Sinceramente,
Benito

P.D. ¿Me puedo quedar con las almohadas?

Esa tarde Benito subió las escaleras dando saltos.

—¿Puedo ayudarte a limpiar? —le preguntó a Melosa—. Entre los dos será más fácil.

—Pero no exageres —le respondió Melosa—. No me siento cómoda entre tanta limpieza.

—Al menos, vamos a limpiar la ventana —dijo Benito—. Ya no se puede ver hacia afuera.

Así que Melosa limpió la parte de adentro de la ventana, y Benito la parte de afuera. Melosa protestó un poco, pero trabajó con Benito hasta que se puso el sol.

De pronto Melosa gritó:

—¡Mira! ¡Se ve la luna por la ventana!

Y era verdad: la luna resplandecía a través de la ventana que recién habían limpiado.

—¡Vaya! —susurró Melosa—. Una ventana limpia tiene ciertas ventajas.

Benito asintió:

—Ahora, ¿qué te parece un panecillo de miel? —dijo—. Un panecillo de miel ¡también tiene ventajas!